LA

CHANSON LIBRE

Nouveau Recueil

DE

SAVINIEN LAPOINTE

PARIS
BIBLIOTHÈQUE NAPOLÉONIENNE
HENRI GUÉRARD, ÉDITEUR
Photographies-Librairie
156, rue de Rivoli, 156

LA

CHANSON LIBRE

Nouveau Recueil

DE

SAVINIEN LAPOINTE

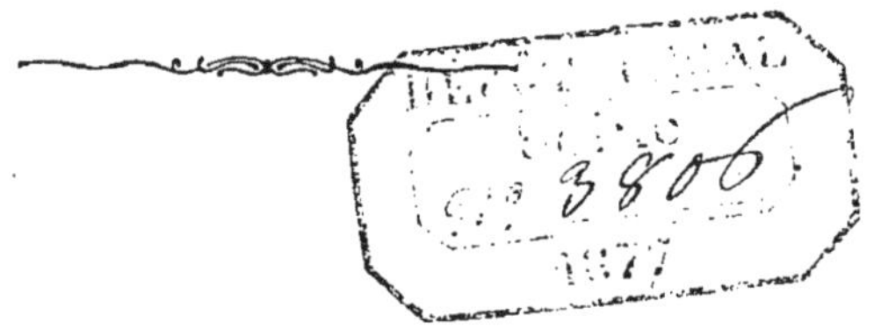

PARIS

BIBLIOTHÈQUE NAPOLÉONIENNE

HENRI GUÉRARD, ÉDITEUR

Photographies-Librairie

156, rue de Rivoli, 156

PARIS. — Typographie MALVERGE et DUBOURG,
rue du Cardinal-Lemoine, 41.

LA

CHANSON LIBRE

LA CHANSON LIBRE

AIR : *Jeanne, Jeannette et Jeanneton.*

Fleur de gaîté, rayon d'amour,
Quand je n'étais que chansonnette,
Comme l'aurore d'un beau jour,
Ont lui sur ma barcelonnette.
Je fredonnais sans violon,
Au coin du feu, chaque dimanche,
Et de la montagne au vallon
Comme un rossignol sur la branche.

Chantons encor, puisqu'en prison } (*bis.*)
On ne mettra plus la chanson. }

Grandelette, lorsque je fus
En état de courir le monde,
J'allai remplir d'accents confus
La ruche où tant de miel abonde ;
Mais là combien j'ai regretté,
Dans un vieux refrain bucolique,

Qu'on ait réduit à pauvreté
Et l'abeille et sa république.

Chantons encor, puisqu'en prison } (*bis.*)
On ne mettra plus la chanson,

Courant sous mes habits de lin :
Bois, prés, ruisseaux, champs et cabanes,
L'eau va-t-elle encore au moulin ?
Demandais-je à toutes les vannes.
Et plus d'une me répondait :
— Toujours ! Mais ce qui nous chagrine :
On verse le son au baudet,
Le maître mange la farine.

Chantons encor, puisqu'en prison } (*bis.*)
On ne mettra plus la chanson.

Dans un cabaret j'entre un soir,
A table trinquaient cent ivrognes ;
Plus que les cuves d'un pressoir
Etaient rouges nos vieilles trognes.
Ils me versèrent de ce jus
Qui fait sourire l'espérance,
Et dans un couplet à Bacchus
Mon ivresse chanta la France

Chantons encor, puisqu'en prison } (*bis.*)
On ne mettra plus la chanson.

Je n'ai pas toujours bien chanté,
Non, même en flattant l'infortune,
Des erreurs de la liberté
J'en ai glorifié plus d'une;
Mais sur le Tibre et sur le Rhin,
J'ai su, d'une voix attendrie,
Fêter, au bruit sourd de l'airain,
Les victoires de ma patrie !

Chantons encor, puisqu'en prison } (*bis.*)
On ne mettra plus la chanson. }

Me voici libre ! et de grand cœur
Je vais cultiver l'opérette ;
Même effacer le trait moqueur
Au doux sourire de Lisette.
Relintintins et rigodons
Doivent nous suffire en somme.
Passons la lyre aux Mirmidons,
Tandis qu'Achille fait un somme.

Chantons encor, puisqu'en prison } (*bis.*)
On ne mettra plus la chanson. }

LA TACHE EST RUDE.

Musique de J. Darcier.

Interprêtée par Mlle Amiati (Eldorado).

Toute sa force est dans son âme :
La peine voilà son avoir.
Pour s'appuyer, la pauvre femme
N'a que l'amour de son devoir.
De l'œil couvant sa maisonnée :
« Allons ! commençons la journée ! »
Dit Madeleine en se levant,
« Qu'il fasse soleil, pluie ou vent,
« La tâche est rude !
« Mais de souffrir j'ai l'habitude,
« La tâche est rude ! »

Son mari, Claude, est un ivrogne,
Au ton brutal, aux durs propos ;
A la maison, sans cesse il grogne,
Noyant sa gaîté dans les pots.
Quoi ! toujours le nez dans un verre !...
Madeleine, sa ménagère,
Va l'arracher au cabaret
Et dit, recevant maint soufflet :
« La tâche est rude !
« Mais de souffrir j'ai l'habitude,
« La tâche est rude ! »

Pourtant chacun convient que Claude
Est un habile compagnon ;

Mais, comme il a la tête chaude,
Il se brouille avec le patron.
Madelon prie, et sa supplique
Le fait rentrer à la fabrique.
Claude y revient clopin-clopant.
Sa femme dit en soupirant :
« La tâche est rude !
« Mais de souffrir j'ai l'habitude,
« La tâche est rude ! »

Voici le soir de la quinzaine,
Il faut lutter, ruser, ramper ;
Non, l'héroïque Madeleine
N'en ferait pas plus pour tromper.
A la caisse elle reste ferme :
Il s'agit de payer le terme.
Claude a cédé tout en jurant,
Madeleine dit en rentrant :
« La tache est rude !
« Mais de souffrir j'ai l'habitude,
« La tâche est rude ! »

Tandis qu'on soupe à la mansarde,
Elle court chez le boulanger
Gratter la taille babillarde,
Régler le gîte et le manger.
Pour son homme, que cela touche,
Elle achète et met sur la couche
Veste neuve et feutre à poil ras,
Puis souriant, dit dans ses bras :
« La tâche est rude !
« Mais de souffrir j'ai l'habitude,
« La tâche est rude ! »

Bientôt sur cette route amère,
La maladie, au cours fatal,
Conduit la malheureuse mère

Au lit fiévreux d'un hôpital.
Par ses enfants se voyant suivre,
Madame dit : « Je veux vivre ;
« De moi tous ont besoin encor.
« Je vivrai, quel que soit mon sort.
« La tâche est rude !
« Mais de souffrir j'ai l'habitude,
« La tâche est rude ! »

IL REVIENDRA

Air de : *La France guerrière*
Quand du canon la voix retentissante.

Ils passeront, comme un flot de poussière
Que l'ouragan balaya dans son cours,
Les avocats du pouce et de la pierre
Qui détrônaient César dans leurs discours ;
Ils passeront — Dieu ne peut être injuste —
J'en crois l'Espoir qui sourit, jeune et beau,
Les yeux fixés sur la cendre d'Auguste,
Et rayonnant au bord de son tombeau.

L'aigle est tombé, tout meurtri, de son aire;
Mais d'un coup d'aile il se relèvera;
Le monde encor entendra son tonnerre ;
Il reviendra (*bis*).

Bons travailleurs, qu'égara plus qu'un traître,
Mères en pleurs, et toi, peuple orphelin,
Napoléon dans son fils va renaître:
Le soleil luit après un long déclin.
Aux prés, aux bois, et des rosiers aux treilles,
Sur l'aubépine et sur l'or des épis,
Nous allons voir voltiger les abeilles
Et s'éveiller les grillons assoupis.

L'aigle est tombé, etc.

Sur nos fureurs, sur nos jours de démence,
Sur les punis, qui sont les malheureux,
D'un ciel d'azur descendra la clémence :
Le grand martyr a dû prier pour eux.

Fils dans l'exil et père dans la tombe
Ont entendu nos vœux et nos regrets.
Aux naufragés apparaît la colombe,
Et l'olivier succède à nos cyprès.

L'aigle est tombé, etc.

Soldats teutons, c'est d'une émeute impie
Que la victoire a passé dans vos rangs !
Nos orateurs ont fait de la charpie
Pour vos blessés plus que pour nos mourants !
Mais des flots d'or, l'Alsace, la Lorraine,
Nos fiers soldats traînés à votre char,
Etait-ce assez pour assouvir la haine
Des criminels qui vous livraient César ?

L'aigle est tombé, etc.

A toi salut, héritier de sa gloire,
A toi salut, fils de Napoléon !
Champs et cités, honorant sa mémoire,
Couvrent de fleurs ton image et ton nom !
Demain le peuple, en un concert immense,
Des mauvais jours las de subir l'erreur,
Va s'écrier : — Son règne recommence !
Vive la France ! — et vive l'Empereur !

L'aigle est tombé, tout meurtri de son aire,
Mais d'un coup d'aile il se relèvera ;
Le monde encor entendra son tonnerre ;
Il reviendra (*bis*).

LE PROPHÈTE

A Jean Journet (1)

Air : *à faire.*

Je l'ai connu, cet homme étrange :
Besace au dos, bâton en main,
Il nous disait : « Dieu va demain
« Repétrir ce globe de fange,
« Trop étroit pour le genre humain.
« Fruits d'or, blés murs, roses nouvelles,
« N'auront plus le sang pour engrais.
« De la colombe j'ai les ailes,
« De l'avenir j'ai les secrets.

« La matière est intelligente.
« L'homme asservit les éléments :
« Gaz et vapeur, ondes et vents,
« Relèvent la plèbe indigente
« De ses travaux abrutissants.
« Pour les fêtes *passionnelles*
« Combien d'épis dans les guérets !
« De la colombe j'ai les ailes,
« De l'avenir j'ai les secrets.

« Marais dormants, sources des fièvres,
« Déjà sur vos bords assainis
« Les rameaux poussent. Que de nids !
« Et combien de miel sur les lèvres
« De nos moribonds rajeunis !

(1) L'espace nous fait défaut pour donner ici une note biographique de Jean Journet.

« Esprit noir des fanges rebelles,
« Place aux zéphirs riants et frais !
« De la colombe j'ai les ailes,
« De l'avenir j'ai les secrets.

« L'outil est le frère du livre,
« Comme la main et le regard.
« Guttenberg, Fulton et Jacquart,
« Sur des autels d'or vont revivre.
« Enfin le génie a sa part !
« Les ères *attractionnelles*
« S'ouvrent pour tous. Saluez-les !
« De la colombe j'ai les ailes,
« De l'avenir j'ai les secrets.

« L'Indou voit poindre la pensée
« En route sur un fil d'archal ;
« Elle part au moindre signal
« Pour la plus longue traversée
« Par ce courrier original.
« Les électriques étincelles
« Au désert parlent de progrès.
« De la colombe j'ai les ailes,
« De l'avenir j'ai les secrets. »

Lui, qui n'avait ni champs, ni treilles,
Souvent sans pain, sans feu toujours,
C'est ainsi qu'il usait ses jours
A prophétiser aux abeilles
Un monde en fleurs et des amours.
Passant aux sphères éternelles,
Il dit : « Il est un Dieu !... J'y vais.
« De la colombe j'ai les ailes,
« De l'avenir j'ai les secrets.

LE 4 SEPTEMBRE

AIR : *Des deux Gendarmes.*

Ça va mal pour nous, camarades,
De l'atelier au carrefour.
Nous payons cher nos algarades :
Le boulanger éteint son four.
Le Directoire est à la Chambre :
Electeurs, où sont vos balais?
Nous avons marché dans Septembre,
Citoyens, que ça sent mauvais! *(bis.)*

Du travail, il n'en est plus guère.
De l'argent, en est-il encor?
Nous ne récoltons que misère
Où fleurissait le rameau d'or.
Nos avocats fument dans l'ambre
Dont notre sang paya les frais.
Nous avons marché dans Septembre,
Citoyens, que ça sent mauvais ! *(bis.)*

Le patron dans son coin maronne.
Le boutiquier n'est pas content.
Paris a perdu sa couronne ;
Convenons que c'est embêtant.
Paris n'est plus que l'antichambre
Du gouvernement versaillais.
Nous avons marché dans Septembre,
Citoyens, que ça sent mauvais ! *(bis.)*

Que de gens, la mine attrapée,
Disent, songeant au septennat :
— Voit-il plus loin que son épée?
Que fera cet heureux soldat?
Moins fier que n'était le Sicambre,
Vendra-t-il nos dieux au rabais!
Nous avons marché dans Septembre,
Citoyens, que ça sent mauvais! *(bis)*

Trochu, Gambetta, Jules Favre
Se sont fourré le doigt dans l'œil.
La France n'est plus qu'un cadavre ;
Le communard est au cerceuil.
Monsieur Bismarck, qui nous démembre,
Doit un beau cierge à ces Français.
Nous avons marché dans Septembre,
Citoyens, que ça sent mauvais! *(bis.)*

Dieu! si j'en crois un méchant rêve
On va nous reprendre aujourd'hui
Droit de suffrage et droit de grève,
Que nous devons je sais à qui...
Renfermons-nous dans notre chambre :
Mes amis, nous sommes refaits!
Nous avons marché dans Septembre,
Citoyens, que ça sent mauvais! *(bis.)*

CHANT FUNÉRAIRE D'UN PROLÉTAIRE

AU

CONVOI DE NAPOLÉON III

Souvenir du 9 janvier 1873.

A MON AMI JULES AMIGUES

Air : *De Bélisaire, de Garat.*

Pauvre et vieux, je conduis le deuil
Du souverain que l'on regrette.
J'ai déposé sur son cercueil
Fleurs d'immortelle et violette.
Silencieux, à son convoi,
Tout un peuple se désespère,...
Lamentez-vous, glas et beffroi :
Nous avons perdu notre père.

On l'on vu du ciel plébéien
Changer la tempête en rosée;
Moins dictateur que citoyen,
Donner du jour à la pensée.
Aux champs que labourait sa foi,
Combien d'épis couchés à terre!...
Lamentez-vous, glas et beffroi :
Nous avons perdu notre père.

N'a-t-il pas, au profit de tous,
De nos droits élargi la base;
A nos appels rendu plus doux
Un sort fatal qui nous écrase?
Le travailleur, s'il rentre en soi,
Songe à ce règne si prospère...

Lamentez-vous, glas et beffroi :
Nous avons perdu notre père.

N'a-t-il pas, sage souverain,
De la guerre comptant les larmes,
A regret sur les bords du Rhin
De la France porté les armes?
Sedan! Septembre!.... ô jours d'effroi!
L'aigle est frappé par la vipère....
Lamentez-vous, glas et beffroi :
Nous avons perdu notre père.

Qui n'en serait point aux regrets?
Louis fut notre providence,
Il défendit nos intérêts,
Frères, jusques à l'imprudence.
« Tout pour le peuple! » fut sa loi :
Au pauvre, elle disait : « Espère!.. »
Lamentez-vous, glas et beffroi :
Nous avons perdu notre père.

Sanglots, comment vous contenir?
J'entends la pierre qui retombe.
Le secret de notre avenir
Descend aujourd'hui dans la tombe.
Quelque chose murmure en moi :
C'est nous et lui que l'on enterre...
Lamentez-vous, glas et beffroi :
Nous avons perdu notre père.

DANS LE TAS !

Air à faire

Ils étaient là couchés à terre :
Troués, sabrés, hachés, en tas.
Soldats tuaient le prolétaire,
Ouvriers tuaient les soldats.
C'était l'horrible boucherie
Du devoir et du révolté ;
Seul, au milieu de la tuerie,
Un enfant s'est précipité.

Et l'enfant, écartant les armes,
Demandait son père aux soldats.
Et les soldats, cachant leurs larmes,
Répondaient : Dans le tas !

Le gamin, sans y rien comprendre,
Disait : Papa, jetant l'outil,
Dans la rue a voulu descendre ;
Des mains d'un mort prit le fusil
Et maman pleurait, accoudée
Sur le petit lit de ma sœur,
En disant : La mauvaise idée
Vient de raccoler un bon cœur !

Et l'enfant, etc.

Nos maîtres criaient : « Plus de maîtres !
« Le peuple n'est qu'un animal
« Sous le gouvernement des prêtres
« Et d'un pouvoir qui marche mal.

2

« Brise ta cage, enfin respire,
« Vieux lion, vieux mangeur de rois ! »
Et papa mangea de l'Empire
Comme un républicain bourgeois.

Et l'enfant, etc.

Ce n'était que rage, que haines :
En prose, en beaux vers, en discours.
Papa disait que dans nos veines
Le sang prenait feu tous les jours,
Que des journaux c'était la faute
Et que de là soufflaient les vents
Qui poussaient le brick à la côte
Pour le malheur des pauvres gens.

Et l'enfant, etc.

Un voisin, dans notre chambrette
Introduisit « les *Châtiments* »,
Qu'il nous récitait à tue-tête
Avec de furieux accents.
L'écume salissait sa bouche,
Du rouge injectait son œil bleu,
Ensuite, comme une cartouche,
Il éclatait en cris de feu.

Et l'enfant, etc.

Papa croyait à la parole
Des beaux messieurs qui parlent bien.
Il me conduisait à l'école
D'un philosophe citoyen.
L'œil fixé sur cette lumière,
Combien de fois il a pleuré !
D'une page de « l'*Ouvrière* »
Plus d'un fusil était bourré !

Et l'enfant, etc.

Papa pourtant aimait l'armée ;
Il le disait souvent chez nous... :
Soldat d'Afrique et de Crimée,
Il n'a pas pu tirer sur vous.
Ouvriers et soldats sont frères,
Disait-il hier à maman,
Qui, tout en pleurs, est en prières
Pour vous, pour nous, en ce moment.

Et l'enfant, écartant les armes,
Demandait son père aux soldats.
Et les soldats, cachant leurs larmes,
Répondaient : Dans le tas !

LA PETITE MAMAN

Air à faire.

Dans un mauvais jour de l'année,
Sous le toit des honnêtes gens,
La petite maman est née
La première de cinq enfants.
Sœur aînée est tôt à l'ouvrage;
Pour dorloter leurs premiers maux
Elle berce, mère avant l'âge,
Le pauvre nid et les oiseaux.
Elle a bien du mal tout de même ;
    Mais on l'aime vraiment,
    La petite maman
        Du cinquième.

C'est elle qui les déshabille,
Le soir, chauffant leurs pieds rosés,
En bonne mère de famille,
Sur ses genoux, sous ses baisers.
La nuit venue, elle fait taire
Ces gais babillards de l'amour :
Il faut laisser dormir le père
Fatigué du travail du jour.
Elle a bien du mal tout de même ;
    Mais on l'aime vraiment,
    La petite mamain
        Du cinquième.

Son visage doux et tranquille
Est celui du blond séraphin
Conduisant aux salles d'asile

De petits anges par la main.
Ils la suivent, la mine fraîche,
Cheveux peignés, bouclés, luisants
A l'école ou bien à la crêche.
Gare aux chevaux ! gare aux passants !
Elle a bien du mal tout de même ;
Mais on l'aime vraiment,
La petite maman
Du cinquième.

Mais un vaurien, comme une altesse
Etendu dans son lit d'osier,
A le servir veut qu'on s'empresse :
C'est le culot, c'est le dernier ;
D'une voix de tonnerre, il braille.
Petite maman t'a gâté,
Beau fruit qui mûrit sur la paille,
Sous un regard de sa bonté.
Elle a bien du mal tout de même,
Mais on l'aime vraiment,
La petite maman
Du cinquième.

Elle est gaie et jamais ne boude,
Le soir cousant, le jour plongeant
Ses deux petits bras jusqu'au coude
Dans les flots d'un baquet géant.
Pour sa mère toujours souffrante,
La vertu n'est pas sans douleurs,
Sœur tendre ou grave confidente,
Sa raison précoce a des pleurs.
Elle a bien du mal tout de même,
Mais on l'aime vraiment,
La petite maman
Du cinquième.

De cette vie un peu sévère
Un Dieu te récompensera,
Bonne petite ménagère,
Dans celui qui t'épousera :
Bon sens, devoir, travail, courage,
Que de trésors à l'unisson !
Pour embaumer cœur et ménage,
Quel bouquet à sa floraison !
Elle a bien du mal tout de même,
Mais on l'aime vraiment,
La petite maman
Du cinquième.

LES OISEAUX

Air à faire.

Déjà l'hiver et son cortége
Couvrent nos bois et nos guérets.
Saison favorable aux cyprès,
Nous prions Dieu pour qu'il t'abrége.
Les cœurs sont durs, les vents sont froids,
Les oiseaux ont perdu la voix ;
Les oiseaux que l'hiver assiége
Portent leurs ailes et leurs cris
Aux buissons de givre fleuris.

Un doux printemps, par la campagne,
A vu ces gentils roucouleurs
S'égosiller parmi les fleurs,
De la vallée à la montagne.
Les cœurs sont durs, les vents sont froids,
Les oiseaux ont perdu la voix,
Les oiseaux que l'ombre accompagne,
Portent leurs ailes et leurs cris
Aux buissons de givre fleuris.

Et quand la moisson était mûre,
Soleil d'été, rayon d'amour,
Le pinson comme un troubadour
Chantait gaiement dans la ramure.
Les cœurs sont durs, les vents sont froids,
Les oiseaux ont perdu la voix,
Les oiseaux que la faim torture
Portent leurs ailes et leurs cris
Aux buissons de givre fleuris.

Grappes ou roses, tout nous grise ;
La grive au bout des échalas,
Hier, redisait les ébats
Des vendangeurs à l'aube grise.
Les cœurs sont durs, les vents sont froids,
Les oiseaux ont perdu la voix,
Les oiseaux que poursuit la brise
Portent leurs ailes et leurs cris
Aux buissons de givre fleuris.

Aujourd'hui rien ne les protége,
Ni leurs chansons, ni leurs vieux airs ;
Au dernier bruit de leurs concerts,
L'oubli vient les prendre à son piége.
Les cœurs sont durs, les vents sont froids,
Les oiseaux ont perdu la voix,
Les oiseaux que tuera la neige
Portent leurs ailes et leurs cris
Aux buissons de givre fleuris.

PAS CONTENTE, LA CITOYENNE

Air : *Faut de la vertu.*

Q' ça m' fait q' tu sois républicain : } *(bis.)*
A la maison j' n'avons pas d' pain !

Mon pauvre homm', j'en ai la colique,
J' crois bien que tu deviendras fou :
Tu donnes dans la République,
Mais tu ne nous donnes pas un sou.
Q' ça m' fait q' tu sois républicain : } *(bis.)*
A la maison j' n'avons pas d' pain !

Septembr' nous en fait voir des grises.
A la Commun' nous retournons :
Mon homm', vois-tu bien, les bêtises
Ça pouss' comme des champignons.
Q' ça m' fait q' tu sois républicain : } *(bis.)*
A la maison j' n'avons pas d' pain !

Mon cher homm', nous v'là dans la crotte
Pour avoir bousculé la loi.
Tes deux crapauds sont sans culotte,
Mes pauv's p'tit's bich's ont faim et froid.
Q' ça m' fait q' tu sois républicain : } *(bis.)*
A la maison j' n'avons pas d' pain !

En attendant q' la poir' soit mûre,
Comm' tu dis patriotiquement,
Mettrons-nous not' progéniture
A l'actif du gouvernement?
Q' ça me fait q' tu sois républicain : } *(bis.)*
A la maison j' n'avons pas d' pain !

Tu dis : quand les peup's sauront lire,
Qu'ils seront éduqués comm' toi,
Qu'ils crieront tous : M... pour l'Empire!
M... pour l' bon Dieu! M... pour la loi!

Q' ça m' fait q' tu sois républicain : } (bis.)
A la maison j' n'avons pas d' pain! }

Tu m' dis qu'il n' faut plus d' grands hommes,
Que les grands font du tort z'aux p'tits,
Qu' les rois seront nos majordomes,
Qu' les chiffonniers s'ront nos gentils.

Q' ça m' fait q' tu sois républicain : } (bis.)
A la maison j' n'avons pas d' pain. }

Tu m' dis q' monsieur Thiers est des nôtres
Et qu'au fond c'est un Bell'villois;
Q' nos apôtres sont ses apôtres ;
C'est un bon roug', ce p'tit bonrgeois.

Q' ça m' fait q' tu sois républicain : } (bis.)
A la maison j' n'avons pas d' pain. }

Gambetta, qui fit son affaire
En s'évadant et levant l'camp,
Dit pour nous qui gn'a rien à faire,
Qu' la sociale est un cancan.

Q' ça m' fait q' tu sois républicain : } (bis.)
A la maison j' n'avons pas d' pain! }

Tu dis qu' l'union fait la force,
Pourtant nous somm' z'unis d'vant Dieu,
Et j' te déclar' que je divorce :
D' l'amour, la misère éteint l' feu.

Q' ça m' fait q' tu sois républicain : } (bis.)
A la maison j' n'avons pas d' pain! }

LES CINQ SOUS DU JUIF

Air à faire.

J'ai repoussé, sur le seuil de ma porte,
Le rédempteur, alors qu'il m'implorait.
Trahi des siens, il n'avait pour escorte
Que les bourreaux pour lesquels il mourait.
Il meurt... et moi j'errais de course en course,
Quand m'apparut Nabuchodonosor :
— Ami, dit-il, tiens, reçois cette bourse
Et ces cinq sous, le fumier du veau d'or.

Je porte en moi la semence féconde :
Cinq sous, Assuérus,
Il ne t'en faut pas plus
Pour acheter le monde.
Il vend ses dieux, il vend ses lois :
Cinq sous les peuples et les rois.

Sur l'Orient, l'Occident qui déborde
Me livre aux flots des peuples irrités.
Avec horreur on me fuit, on m'aborde.
J'ai pour abri la fange des cités.
Maudit, traqué, frappé, couvert d'insultes,
Pourtant je vois au bord de mon chemin
Les desservants des vieux et nouveaux cultes
A mes cinq sous venir tendre la main.

Je porte en moi, etc.

Pour mettre à neuf ma bourse pleine ou vide,
J'ai pratiqué l'usure aux mauvais jours.
J'ai des sillons été l'insecte avide.

— —

Comme un rongeur, j'ai crédité les cours.
A mes souliers emportant l'or du globe,
De mes cinq sous j'ai tiré cinq milliards,
Que je cachais dans les plis de ma robe.
Sur mon soleil, j'appelais les brouillards!

Je porte en moi, etc.

Semant toujours par les airs, sur les ondes.
Toujours errant, sans trêve ni repos,
J'ai fait jaillir, un pied sur les deux mondes,
Des tonnes d'or de la terre et des flots.
Lorsqu'au bûcher la haine allait m'étendre,
Rois et sujets s'empressaient, sans surseoir,
De ramasser mes deniers dans la cendre
Que dispersaient les quatre vents du soir.

Je porte en moi, etc.

Phénix ou non, toujours je ressuscite.
Pour triompher, Dieu m'a fait immortel.
La terre un jour deviendra trop petite
Pour abriter les enfants d'Israël.
Dans l'Inde, en Chine, en Europe, en Asie,
J'ai payé cher une hospitalité,
O souverains! que votre hypocrisie
Osait parer du nom d'humanité.

Je porte en moi, etc.

Gloire à Jacob! Dieu lève l'anathème
Dont m'ont frappé tant de siècles accrus.
Les rois chrétiens mettent leur diadème
En gage aux mains du juif Assuérus.
En vain leurs lois m'ont fait une patrie,
Demain peut-être en auront-ils regret.
Je reste juif, quand Moïse nous crie:
Le dernier mot du monde est l'intérêt!

Je porte en moi, etc.

Pour retarder d'un jour sa banqueroute
Quelque sultan vendra Jérusalem.
De vos foyers, j'ai retrouvé la route :
Sainte Jappé, Jéricho, Bethléem :
Mon Dieu renaît, vers sa crèche fleurie
L'étoile d'or guide les souverains.
Pour ressemer les champs de ma patrie,
Les nations m'auront fourni les grains.

Je porte en moi, etc.

J'ai des châteaux, mes loges aux théâtres ;
Viel univers, tes filles sont à moi !
Sont du veau d'or les vierges idolâtres.
Fils de Marie, on ne croit plus à toi.
Hier, dans Rome, où j'ai fait quelque affaire,
J'ai coudoyé plus d'un mauvais larron :
Lorsque Jésus n'est plus qu'un prolétaire,
Le Juif-Errant est proclamé baron.

Je porte en moi la semence féconde :
Cinq sous, Assuérus,
Il ne t'en faut pas plus
Pour acheter le monde.
Il vend ses dieux, il vend ses lois.
Cinq sous les peuples et les rois !

POLICHINELLE

AIR : *Vaudeville des Deux Edmond.*

Çà ! pour notre gloire éternelle,
Guillotinons Polichinelle !
Scélérat qui, changeant de ton,
    Vend son bâton,
Lui qui rossait si dru naguère
Le gendarme et le commissaire,
A leur cantine est bien reçu.
    Hors la loi, le bossu ! *(bis.)*

De le dire est-il nécessaire ?
Ce gendarme, ce commissaire,
C'est la force qui va tout droit
    Primer le droit.
Quand nous proclamons à tue-tête
La liberté sans épithète,
Il nous répond : turlututu !
    Hors la loi, le bossu ! *(bis.)*

Polichinelle, est-ce croyable ?
A déclaré la guerre au diable :
Il sacre, il bâtonne en tout lieu
    Pour le bon Dieu.
Dans sa fureur apostolique,
Avec la fille République
Hier il en a décousu.
    Hors la loi, le bossu ! *(bis.)*

N'est-ce pas de rire à se tordre :
Quoi ! cet émeutier passe à l'ordre !
Va-t-on le faire sénateur,
    Ce tapageur ?
Si jamais la France le nomme,
Invalidons le diable d'homme
Par un faux Girerd bien conçu.
    Hors la loi, le bossu ! *(bis.)*

Sur les hauteurs de Belleville,
Hier matin, d'un pas agile
Il allait comme le vent va,
    Lorsqu'il trouva
Sur son chemin des croix d'otages
Qu'il couvrit de fleurs et d'images,
Préfet, sans doute, à ton insu.
    Hors la loi, le bossu ! *(bis.)*

Oui, oui, guillotinons l'infâme,
Qui décoche son épigramme
Contre ses amis d'autrefois,
    Tueurs de rois.
Ministres des heures dernières,
Vous subirez les étrivières
De ce pauvre artiste déçu.
    Hors la loi, le bossu ! *(bis.)*

Son casaquin n'est qu'une loque ;
Pour remettre à neuf sa défroque
Au prince il doit avoir écrit,
    Dit Savary.
Avec quelques vers on décroche
De beaux louis d'or qu'on empoche ;
Demain le gueux sera cossu.
    Hors la loi, le bossu ! *(bis.)*

Bon peuple, que je faisais rire,
Dit-il, sur le dos de l'Empire,
Doux prince que je plaisantais,
Tu souriais.

Mais le peuple, Polichinelle,
De ce bon temps-là se rappelle,
Et dit : Hélas! si j'avais su!
Hors la loi, le bossu! *(bis.)*

LE PETIT VIN D'ARGENTEUIL

A MON AMI M***

Air : *Faut de la vertu, etc.*

Quand de loin il nous fait de l'œil, } (*bis.*)
Gloire au petit vin d'Argenteuil! }

Qu'un vieil ami me verse à boire,
Je ne regarde pas au crû :
D'après ce que nous dit Grégoire,
Les meilleurs auraient disparu.

Quand de loin il nous fait de l'œil, } (*bis.*)
Gloire au petit vin d'Argenteuil ! }

Le pauvre ne s'y connaît guères ;
L'Argenteuil doit-il s'en choquer?
Il a grisé bien des misères;
Pour six sous les faisaient trinquer.

Quand de loin il nous fait de l'œil, } (*bis.*)
Gloire au petit vin d'Argenteuil ! }

A bien le fêter il m'invite.
Le soleil rit dans le chemin.
J'ai pris ma canne, et vite et vite
J'accours... il peut pleuvoir demain !

Quand de loin il nous fait de l'œil,
Gloire au petit vin d'Argenteuil ! } (*bis.*)

De plaisir Dieu nous est avare ;
Celui de trinquer, il le sait,
M'est devenu presqu'aussi rare
Qu'un vieil écu dans mon gousset.

Quand de loin il nous fait de l'œil,
Gloire au petit vin d'Argenteuil ! } (*bis.*)

Bien qu'on le traite de piquette,
Ce philosophe n'aurait pas,
Comme un Hésiode en goguette,
Créé des dieux, Dieu sait quel tas !

Quand de loin il nous fait de l'œil,
Gloire au petit vin d'Argenteuil ! } (*bis.*)

Que de travers on le regarde,
Tout aussitôt, de vieux amis,
Dont la main, dans la main s'attarde,
Vont répétant à moitié gris :

Quand de loin il nous fait de l'œil,
Gloire au petit vin d'Argenteuil ! } (*bis.*)

Il colore le babillage,
Il donne à l'esprit du ressort ;
C'est du soleil dans le feuillage
Eveillant *Les Abeilles d'or* (1).

Quand de loin il nous fait de l'œil,
Gloire au petit vin d'Argenteuil ! } (*bis.*)

---

(1) Allusion à une très-jolie chanson de mon ami M***, intitulée : *Les Abeilles d'or.*

Du repos, même après l'orage,
Redoutant les pâles douceurs,
Actifs et gais comme au jeune âge,
Disons avec les vendangeurs :

Quand de loin il nous fait de l'œil, } (*bis.*)
Gloire au petit vin d'Argenteuil ! }

ENTRE COMMUNARDS

Air : Je commence à m'apercevoir.

Ou des Troubadours (de Béranger).

Premier Communard.

Pourquoi donc Gambetta Léon,
Dis, Cadet, mon vieux frère,
Chez nous venait-il braire
Contre Louis Napoléon?
Les banquetistes,
Les royalistes,
Les radicaux et les orléanistes,
Entonnant le même refrain,
Nous ont fourrés dans le pétrin
Sur les grands airs du peuple souverain.
A l'aimer je m'applique ;
Mais, Cadet, qu'on m'explique
A quoi l'on voit qu'on est en République?

Second Communard.

Ça se voit quand, dans l'infini,
La liberté féconde
Sème à travers le monde
Les roses d'un printemps béni.

Premier Communard.

Ah! sous ces roses
Fraîches écloses,
Mon vieux Cadet, j'ai vu d'horribles choses!

J'ai vu Rochefort, tout crotté,
Quand nous avions ta liberté,
De sa lanterne embraser la cité.

A l'aimer, je m'applique, etc.

Second Communard.

Ça se voit, mon vieux communard;
Quand la liberté fière
Nous donne pour lumière :
Ferry, Simon, Favre ou Picard.

Premier Communard.

Suif, gaz ou cire,
J'ai vu reluire
Tes beaux soleils au ciel bleu de l'Empire.
Eh bien! voilà la vérité :
Ces flambeaux de l'égalité
Ont dans les cœurs semé l'obscurité.

A l'aimer je m'applique, etc.

Second communard.

Ça se voit, quand aux mauvais jours
La fraternité reine
Allége notre peine
Sous la bure ou sous le velours.

Premier Communard.

Quand Eugénie,
Ce bon génie,
A nos moutards, aux vieux à l'agonie,
Offrait pain, vin, langes et draps,
Du haut du trône ouvrant ses bras,
Combien dut-elle essuyer de crachats!

A l'aimer je m'applique, etc.

Second Communard.

Ça se voit, lorsque le travail
Assure à l'honnête homme :
Pain, vin, gîte et bon somme,
De la cité, du chaume au rail.

Premier Communard.

Lorsque les villes,
Les champs tranquilles,
S'enrichissaient par des travaux utiles,
Cadet, j'ai vu nos orateurs,
Bourreaux du peuple, et leurs flatteurs
Briser l'outil aux mains des producteurs.

A l'aimer je m'applique, etc.

Second Communard.

Si je t'en crois, bon communard,
D'après ce beau décompte,
J'en aurais quelque honte,
Le soleil retourne aux brouillards !
Grève et suffrage
Que l'on outrage,
Les grands travaux que plus rien n'encourage,
L'abondance, l'instruction,
Les bienfaits à profusion
Auraient péri de révolution ?

Premier Communard.

Cadet, pas de réplique.
Veux-tu que je m'explique ?
L'Empire, eh bien ! c'était la République.

L'HOMME DES CHAMPS

A M. JULES RICHARD.

Air à faire.

Avec le soleil qui se lève
Se lève aussi le paysan.
A flots pressés revient la sève ;
De la nature elle est le sang.
Déjà tout verdit, tout bourgeonne :
Les coteaux où fleurit le thym,
Les prés où l'abeille moissonne
Dans les lumières du matin.

Le paysan aime la terre,
Mais bien fin qui voit le fond de son sac ;
Pourtant il sourit au tic tac
Du gai moulin de la meunière.

Si tout finit, tout recommence ;
Terre et ciel entrent en amour,
Ils vont donner à la semence
Des nuits belles comme le jour.
Pour les semailles attardées,
Paysan, tu tremblais à tort :
Ces brouillards, ces chaudes ondées,
Sont pour tes champs des gerbes d'or.

Le paysan aime la terre, etc.

Dès l'aube et seul, grimpant la côte
Il cause avec la vigne en fleurs.
Les bourgeons jumeaux, côte à côte,
Sur les vieux ceps versent des pleurs.

« Pour l'automne les belles grappes !
Dit l'homme, espérons qu'on aura
Non des banquets, mais des agapes,
Quand du pressoir on reviendra ! »

Le paysan aime la terre, etc.

Qu'elle est belle aussi la luzerne
Où l'âne braît avec amour.
Botteleurs, l'orage nous cerne,
Quel éclair !... songeons au retour !
A la ferme la soupe est prête,
Décampons, chevaux et ruraux.
Enfants, montez sur la charrette !
Femmes, entrez dans nos sarraux !

Le paysan aime la terre, etc.

Le dimanche, quand le jour gagne
Les plaines et les hauts sommets,
Il court de sa chère campagne
Visiter bois, prés et guérets.
Que le temps soit clair ou se brouille :
Aller rêver sur ses travaux,
Quand tout renaît ou se dépouille,
Du paysan c'est le repos.

Le paysan aime la terre, etc.

On le dit avare, cet homme,
Lorsqu'il met un liard sur un sou.
Moi je le tiens pour économe :
Qui sait compter a le Pérou.
Compter le temps, compter la peine,
Compter ses pauvres petits sous,
Est la sagesse souveraine :
Dieu compta quand il nous fit tous !

Le paysan aime la terre, etc.

C'est que le gai moulin renferme
Blondinette au regard malin,
Il est naturel que la ferme,
Ainsi que l'âne, aille au moulin.
Le fermier songe à la fermière ;
De l'aimer il a pris le temps.
Demain l'on saura que Jean Pierre
A cueilli cette fleur des champs.

Le paysan aime la terre,
Mais qui donc a vu le fond de son sac,
Quand il souriait au tic tac
Du gai moulin de la meunière ?

LE CUIRASSIER D'IÉNA

A M. F. GIREAUDAU

Cinq mai 1873.

Air : *Des Cuirassiers de Reischoffen.*

Sur les débris de la colonne à terre,
L'horloge au loin ayant sonné minuit,
Un cuirassier, fantôme centenaire
Et fier encor, se dressait dans la nuit.
Le casque au front comme un jour de bataille,
Ce revenant poudreux des champs d'honneur,
Héros par l'âme et géant par la taille,
Du souvenir effeuillait une fleur.
« Ah! disait-il, la nuit me doit ses ombres;
« Tout n'est ici qu'un amas de décombres.
« Plaignant celui que le sort épargna,
« Rejoins ton Dieu, cuirassier d'Iéna! *(bis.)*

« Sous quel torrent de flammes ou de poudre
« Es-tu tombé, bronze des anciens jours?
« De quel ciel noir vit-on jaillir la foudre
« Qni t'écrasa du haut de son parcours?
« Un sot rapin, suivi de sots espiègles,
« Gamins tremblants, en otages ont mis
« Patrie, honneur, nos gloires et nos aigles,
« Tout garottés aux mains des ennemis.
« Ah! disait-il, etc.

« J'avais quinze ans lorsque je pris les armes;
« Jeunes et vieux, nous étions tous debouts.
« Pour tous aussi la mort avait des charmes;
« N'étions-nous pas victorieux partout?
« On bivouaquait aux quatre coins du monde,
« Et ces canons que nous récoltions,

« En bas-reliefs, qu'on les coule ou refonde,
« Portaient inscrits le nom des nations.

« Ah! disait-il, etc.

« Le peuple alors, sur le vieux despotisme,
« Etait en train de conquérir ses droits;
« C'était le temps fameux où l'héroïsme
« Entrait botté dans le conseil des rois.
« Ces fiers tableaux déroulés en spirale,
« Ces noms gravés, ces hauts faits, ces travaux,
« Produit d'une ère immense et libérale,
« Ne sont-ils pas les parchemins nouveaux!

« Ah! disait-il, etc.

« Nous avons eu notre heure expiatoire.
» Quel peuple, hélas! n'a pas eu ses revers!
« Mais rien ne doit plus étonner l'histoire
« Que l'attentat de ces Français pervers.
« Ils ont détruit, un jour de couardise,
« Le vétéran toujours en faction,
« Dont le chapeau, la redingote grise
« Symbolisaient la révolution. »

« Ah! disait-il, etc.

Pour déposer son rameau d'immortelle,
Le cuirassier avait fait quelques pas,
Quand lui cria soudain la sentinelle :
— Du monument, père, on n'approche pas!
— C'est au soldat, au guerrier le plus digne,
Que j'offre, ami, mes regrets et ces fleurs....
— Au large! au large! à travers ma consigne
Ne passeront ni bouquets, ni les pleurs!

Pauvre soldat! la nuit te doit ses ombres.
Tout n'est ici qu'un amas de décombres.
Plaignant celui que le sort épagna,
Rejoins ton dieu, curassier d'Iéna! *(bis.)*

L'AIGLE

A M. CHARLES ABBATUCCI

AIR : *Du Rhin Allemand.*

Nous l'avons vu, l'aigle des anciens jours,
Sous les brouillards de l'Angleterre ;
Il semblait dans son long parcours,
Mesurant le ciel et la terre,
Comme se réveiller aux rappels des tambours :
Nous l'avons vu, l'aigle des anciens jours.

Nous l'avons vu, l'aigle des anciens jours,
Au ciel redemandant la foudre,
Le secret de ses prompts retours,
A la fois aquilon et poudre,
Dont l'univers entier se souviendra toujours :
Nous l'avons vu, l'aigle des anciens jours.

Nous l'avons vu, l'aigle des anciens jours,
Ressaisir au sein des nuages
Le fer (Dieu nous doit ce secours),
Le fer trempé dans les orages,
Et du Rhin qui déborde il franchissait le cours :
Nous l'avons vu, l'aigle des anciens jours.

Nous l'avons vu, l'aigle des anciens jours,
Comme au temps de sa marche altière,
Les arts, la gloire et les amours
Suivaient son vol fait de lumière,
Et le travail gaiement trinquait dans les faubourgs :
Nous l'avons vu, l'aigle des anciens jours.

Nous l'avons vu, l'aigle des anciens jours :
Gens des hameaux et gens des villes,
Parés de leurs plus frais atours,
Au grand soleil des jours fertiles,
Cueillaient la fleur des champs et l'épi des labeurs:
Nous l'avons vu, l'aigle des anciens jours.

Nous l'avons vu, l'aigle des anciens jours,
Son regard fier cherchait la France.
Les cieux ne sauraient être sourds
Aux prières de l'espérance.
Notre-Dame n'a pas encor perdu ses tours !
Nous l'avons vu, l'aigle des anciens jours.

LE BATTEUR DE FER

Musique de Paul Henrion

Battons le fer, que la forge s'allume
Comme un soleil aux jours d'été.
C'est en frappant sur mon enclume
Que j'ai trouvé la liberté.

Du marteau jaillit l'étincelle,
Et la chanson jaillit du cœur.
De mon front l'eau gaiement ruisselle ;
Le travail, c'est la bonne humeur.
Sommes-nous fous? sommes-nous sages?
Rêveurs, réformateurs, savants,
Nous écrivons sur des nuages;
Autant en emportent les vents.
Pan, pan, pan, pan!... ne perdons pas de temps.

Battons le fer, que la forge s'allume
Comme un soleil aux jours d'été.
C'est en frappant sur mon enclume
Que j'ai trouvé la liberté.

Ce n'est pas dans le sang du riche
Que je ramasserais, ma foi,
L'or qu'imprudemment il affiche
En se donnant des airs de roi.
Il est si sain d'être honnête homme,
Il est si bon, il est si doux
De cueillir : fleurs, baisers ou pomme,
Lorsque ces choses sont à nous!
Pan, pan, pan, pan!... frères, qu'en dites-vous?

Battons le fer, que la forge s'allume
Comme un soleil aux jours d'été.
C'est en frappant sur mon enclume
Que j'ai trouvé la liberté.

Mais le sang me monte à la gorge ;
De le comprendre il est aisé,
Quand je retire de la forge
Les tronçons d'un glaive brisé.
C'est le tien, ô ma vieille France !
Brisé dans un jour de malheur.
Sur l'enclume de l'espérance,
Je reboute le fer vengeur.
Pan, pan, pan, pan !... j'en ai gros sur le cœur.

Battons le fer, que la forge s'allume
Comme un soleil aux jours d'été.
C'est en frappant sur mon enclume
Que j'ai trouvé la liberté.

A-t-il le droit de prendre femme,
Le pauvre diable qui n'a rien ?
Non, et tout bas je le proclame,
Mieux vaut mourir seul comme un chien.
Pourtant, vienne une belle fille,
Je lui dis : Prenons rendez-vous.
Au colombier de la famille,
Honnêtes gens, envolons-nous.
Pan, pan, pan, pan !... forge et cœur sont à vous.

Battons le fer, que la forge s'allume
Comme un soleil aux jours d'été.
C'est en frappant sur mon enclume
Que j'ai trouvé la liberté.

Murs enfumés, flamme noirâtre,
Oui, voilà tout mon horizon ;
Ce n'est point un palais d'albâtre

Qu'il faut à l'air de ma chanson.
Pour qu'aux anges le vent l'emporte,
Je la pousse vers le ciel bleu.
Et, vienne la mort, peu m'importe :
Mon âme a des ailes de feu.
Pan, pan, pan, pan !... je crois qu'il est un Dieu

Battons le fer, que la forge s'allume
Comme un soleil aux jours d'été.
C'est en frappant sur mon enclume
Que j'ai trouvé la liberté.

UN SATISFAIT

AU CITOYEN THIERS.

Air : *Quel cochon d'enfant!*

Nom d'un chien ! j'suis t'y ben aise !
Qui donc aurait cru
Qu'il donn'rait dans not' fournaise,
C' p'tit bourgeois ventru ?
Il chauffe la République
Que c'est épatant.
C' bourgeois-là, c'est pas d' la clique !
Ah ! j' suis t'y content ! (*bis.*)

Il gouvernera l'émeute,
Il le dit, je l' crois ;
Même il lancera sa meute
Aux trousses des rois.
C'est ainsi que ça s' pratique
Chez le débitant.
C' bourgeois-là, c'est pas d' la clique !
Ah ! j'suis t'y content ! (*bis.*)

Déjà son grand cœur nous offre
Sans fatuité
L'or qui moisit dans son coffre.
O fraternité !
Il retape ta tunique :
On la salit tant !
C' bourgeois-là, c'est pas d' la clique !
Ah ! j' suis t'y content ! (*bis.*)

4

Il aiguisera ta hache,
Révolution
Et saign'ra dans sa peau de vache
La réaction.
Avec c' t'outil maratique
Qui donn' du montant.
C' bourgeois-là, c'est pas d' la clique !
Ah ! j' suis t'y content ! (*bis.*)

Faut-y démolir le pape ?
Il dit : Fi du peu !
C'est sur le bon Dieu que j' tape :
A bas le bon Dieu !
Qu'il soit juif, turc, catholique,
Bonze ou protestant,
C' bourgeois-là, c'est pas d' la clique !
Ah ! j' suis t'y content (*bis.*) !

Pour se hisser à sa taille.
Barons, comt's et ducs,
Sur leur cheval de bataille
Cour'z après les trucs,
Dans leurs mains brille la pique
Qu' *Marianne* attend.
C' bourgeois-là, c'est pas d' la clique !
Ah ! j' suis t'y content ! (*bis.*)

S'il faut croire sa parole
Et son lanrira,
Ce n'est qu'avec le pétrole
Qu'on illumin'ra.
A sa flamme économique
Nous irons chantant :
C' bourgeois-là, c'est pas d' la clique !
Ah ! j' suis t'y content ! (*bis.*)

LE ZINGUEUR

Comm' des buveurs d'eau qui sont ivres,
Je m'insurge, on vient d' nous z'habiller:
Un mossieu qui fait des beaux livres
Jett' les pauvres gens d'ssus l'fumier.
A mêm' not' cuir, il rogne, il taille,
Nous met à sa sauce, il faut voir.
Tout le mond', c'est de la canaille,
A son cabaret d' l'*Assommoir*.

Je suis zingueur, moi, ça m'embête
De voir blaguer les braves gens
Qui travaill' sans mettre des gants.
Les débiner, c'est pas chouette:
Je *protesse* en mass', halte-là !
Mossieu Zola! Mossieu Zola!

Figaro croit que c' personnage
Est l' plus chic auteur d'aujourd'hui.
On n' lui jett' rien d' sale au visage,
Le Figaro s'en fich' bien, lui.
Quand sur not' nez, ces gens d' la plume
Ne cassent pas leur encensoir :
Dans le journal, comm' dans l' volume,
Nous somm's la pierr' de leur rasoir.

Je suis zingueur, etc.

Vient le chapitre d' la ribote,
Chaque vice est numéroté
Dans c' livre écrit avec d' la crotte
Pour l'honneur de l'humanité.

Nous nous pochardons chez l' mann'zingue,
Notre bon Dieu, c'est l' mastroquet.
Nos épouses font le bastringue,
Et nos gosses vont au parquet.

Je suis zingueur, etc.

On croupit dans la *feignantise*,
Qu'il vienn' donc d'ssus nos toits z'un peu,
C' bourgeois cossu qui romantise
Sans danger au coin de son feu!
Alors il verra comment j' loupe
Dans la pluie, au soleil, sous l' vent.
Sur la feuill' de zinc que j' découpe,
L' bon Dieu n'a pas écrit : Feignant.

Je suis zingueur, etc.

Je conviens que la politique
M'avait toqué devant l' comptoir,
En me vantant son spécifique
Au cabaret d' *l'Assommoir*,
Qu' je m' suis laissé monter la tête
Par un carottier beau phraseur
A qui j'rinçais l' bec tout en fête:
V'là c' que c'est que d'être gobeur.

Je suis zingueur, etc.

« *Mes bottes*, » je vous l'abandonne,
Cinglez c' propre à rien jusqu'aux os.
On s' mord l'œil si l'on croit que j' donne
Dans c' Minotaure des ruisseaux.
Quel bois joli n'a pas ses ronces!
Nous avons nos Lantiers chez nous,
Comme vous avez vos Alphonses:
En famille écrasons nos poux!

Je suis zingueur, etc.

Not' femm' n'aim' pas qu'on la tripote.
De mes fillettes, j'en réponds :
Ell's ne balayent pas la crotte
Des trottoirs avec leurs jupons.
On s' dispute un peu : c'est la mode.
On se bat d' temps en temps encor.
Mais à la paie on s' raccommode
Au gai soleil des écus d'or!

Je suis zingueur, moi, ça m'embête
De voir blaguer les braves gens
Qui travaill' sans mettre des gants.
Les débiner, c'est pas chouette :
Je *protesse* en masse, halte-là !
Mossieu Zola ! Mossieu Zola !

MA LIBERTÉ

Musique de Paul Henrion

Disons-le sans colère :
Que de fers ici-bas !
Sur ma pauvre galère
Quand tout est branle-bas,
Aux flots de la souffrance
Jeter avec gaîté
L'ancre de l'espérance :
Voilà ma liberté.

Sous prétexte de bises,
D'hivers plus ou moins froids,
Au foyer des sottises
Ne brûlons pas nos doigts.
Attendre l'hirondelle,
Son printemps, son été,
En battant la semelle :
Voilà ma liberté.

Des oiseaux dans leurs cages,
Des airs et des buissons
Je sais tous les ramages
Et toutes les chansons.
A la voix des couveuses
Dans leur nid ballotté,
Songer à nos berceuses :
Voilà ma liberté.

Pour rester fier et libre
Dans ma pauvre maison,
J'ai mis en équilibre
Sentiment et raison ;

Bon vin, soleil, fillette,
Avec vous j'ai compté.
Savoir payer ses dettes :
Voilà ma liberté.

Aujourd'hui c'est la mode
De malmener la foi ;
On trouve ça commode
N'avoir ni Dieu, ni loi.
Au seuil de l'infidèle,
Mort en fils révolté,
Brûler une chandelle :
Voilà ma liberté.

En retroussant mes manches
Je cours à l'établi
Quelquefois les dimanches
Que je mets en oubli.
Travailler quand ça presse,
Saint Paul l'a répété,
C'est aller à la messe :
Voilà ma liberté.

Je plains les grands du monde,
Ils ont bien leurs tracas;
Mais du pédant qui gronde
Je ne fais aucun cas ;
Son vieux puits de science
Est plein d'obscurité ;
Voir dans sa conscience :
Voilà ma liberté.

On parle avec emphase
De fraternels liens ;
Simplement et sans phrase
Vivons en bons chrétiens.
Chez nous qu'un pauvre sonne

Par le sort maltraité,
Sans discourir je donne:
Voilà ma liberté.

Autrefois, l'avouerai-je?
J'aimais et j'aime encor
A suivre le cortége
Du beau tambour-major.
Clairon, drapeau suprême
M'ont toujours transporté.
Etre chauvin quand même:
Voilà ma liberté.

Superbe insouciance,
Je te dois un merci;
Par toi mon indigence
S'éveille sans souci.
Bien lourde fut ma chaîne,
Dieu ne m'a pas gâté;
Aller à lui sans haine:
Voilà ma liberté.

DOTEZ LA RÉPUBLIQUE

AIR : *Du Paillasse* (de Béranger)

ou : C'est aujourd'hui la fête à Charles X.

Bourgeois, puisque vous écrivez,
De par la *Marseillaise*,
Sur vos murs bien ou mal lavés :
République française,
Bons bourgeois, il faut,
Il faut au plus tôt,
Entrant dans la pratique,
De vos plus beaux sous
Vous cotisant tous,
Doter la République.

Quoique fille des cabarets,
En haillons, en savates,
La demoiselle a des attraits
Pour nos aristocrates.
Adiffret-Pasquier,
Un gaillard entier,
A l'engrosser s'applique,
Et ce pantoufflard
Va d'un communard
Doter la République.

Se balladant matin et soir
Sous ses fripes trop minces,
Marianne fait le trottoir
Pour rhabiller ses princes.
Simon, qui s'en rit,
Même à leur profit,

Cultivant la pratique,
D'un vieux canapé
Par lui retapé
Dote la République.

Petits-fils du juste milieu,
Nos députés du centre,
Au ciel, sur la terre, en tout lieu,
Vont promener leur ventre.
C'est bien, mais enfin
La fillette a faim.
Elle est pauvre et phthisique ;
De bouillon Duval,
D'âne ou de cheval
Dotez la République.

Le front barbouillé d'incarnat,
Comme écrevisse en tourte,
Septembre a voté le Sénat,
Même en culotte-courte.
Chalamel-Lacour,
En habit de cour,
D'un galon monarchique,
Reteint à grand frais
Dans le sang des niais,
Dote la République.

Dotez, dotez-la, puisqu'elle est
Votre fille adoptive.
Surtout crachez au bassinet
Plus d'or que de salive.
Déposez, corbleu !
Votre pot-au-feu
Sur la table civique !
Allons, fils des rois,
Hobereaux, bourgeois,
Dotez la République!

JE NE DEMANDE RIEN POUR ÇA

Air à faire.

Petite sœur de Rigolette
Et cousine de Frétillon,
Je vois autour de ma chambrette
Voltiger plus d'un papillon ;
Mais si chez moi l'un d'eux pénètre,
Par la porte ou par la fenêtre,
Qu'il vole tant qu'il vous plaira,
Je ne demande rien pour ça.

Un poète, un gueux, c'est tout comme,
Riche d'amour, mais sans le sou,
Me dit en vers, le bon jeune homme,
Que de mes beaux yeux il est fou :
— Lise, dans mon cœur en souffrance,
Laissez un coin à l'espérance !
— Espérez tant qu'il vous plaira,
Je ne demande rien pour ça.

— Dans votre paradis, voisine,
Où j'entre en timide écolier,
Elles sont douces, j'imagine,
Les pommes de votre pommier.
Si vous saviez, ma petite Ève,
Combien j'en cueille, mais en rêve.
— Cueillez-en tant qu'il vous plaira,
Je ne demande rien pour ça.

— Des champs allons chercher l'ombrage,
Les blés sont hauts, les bois épais.
Allons rêver sous le feuillage,
Courons moissonner les bluets.

Comme berger, comme bergère,
Nous dormirons dans la fougère.
— Ah ! mon Dieu ! tant qu'il vous plaira,
Je ne demande rien pour ça.

— Ma Lise, la belle guinguette !
Entrons nous rafraîchir un brin ;
Manger salade et côtelette
Que nous arroserons de vin.
Nous aurons assez d'un seul verre.
Laisse-moi t'embrasser ma chère !
— M'embrasser...,tant qu'il vous plaira,
Je ne demande rien pour ça.

— Lise, le champagne pétille.
Tu souris ? Dieu ! les belles dents !
Je vois dans ton regard qui brille
De mon amour les feux ardents.
Si tu voyais les miens de même,
Tu comprendrais combien je t'aime.
— Aimez-moi tant qu'il vous plaira,
Je ne demande rien pour ça.

DIEU LE RAMÈNE !

Air : *Qu'on se souvienne.*

On nous disait : « Le ciel se couvre,
Le brouillard monte à l'horizon. »
(Sous les feuillages verts du Louvre
Déjà rôdait la trahison).
Lorsque les leçons paternelles
Instruisaient l'aiglon au devoir,
J'ai vu s'allonger le point noir
Qui faisait ombre sur ses ailes.
Il revient avec les beaux jours,
L'aiglon des rives de la Seine.
Sonnez, clairons ! roulez, tambours ! (*bis.*)
Dieu le ramène ! (*bis.*)

Berceaux de ronces ou d'épines,
D'herbe, de mousse ou de granit,
Dans les sillons, dans les ruines,
A chacun sa place et son nid.
Le coq chante sur la chaumière.
Moins gai, mais plus audacieux,
Un jour qu'il mesurait les cieux,
L'aiglon roula dans la poussière.
Il revient avec les beaux jours,
L'aiglon des rives de la Seine.
Sonnez, clairons ! roulez, tambours ! (*bis.*)
Dieu le ramène ! (*bis.*)

Oui, de sa chute il se relève,
Soleil brillant dans un ciel pur.
Dans nos champs reviendra la sève,
Aux rameaux pendra le fruit mûr.
En vain Septembre, ô jour de honte!
A de la patrie en danger
Livré la foudre à l'étranger ;
Ecoutez cette voix qui monte :
Il revient avec les beaux jours,
L'aiglon des rives de la Seine.
Sonnez, clairons ! roulez, tambours ! (*bis.*)
Dieu le ramène ! (*bis.*)

De nos jours, qui donc eût pu croire
Que les plus braves des soldats
Mettraient leur épée et leur gloire
Au service des avocats !
La gloire eut son jour de défaite.
A tant de lauriers défleuris,
La France répond par ces cris
D'amour, d'espérance et de fête :
Il revient avec les beaux jours,
L'aiglon des rives de la Seine.
Sonnez, clairons! roulez, tambours! (*bis.*)
Dieu le ramène ! (*bis.*)

TABLE

Paris.— Typ. Malverge et Dubourg, rue du Cardinal-Lemoine, 41.

SOUS PRESSE

—

LA POLITIQUE

D'UN

PROLÉTAIRE MONTMARTROIS

---

50 centimes

www.ingramcontent.com/pod-product-compliance
Ingram Content Group UK Ltd.
Pitfield, Milton Keynes, MK11 3LW, UK
UKHW020210200726
13856UKWH00004B/1304